KB016748

아침달 시집

나는 오늘 혼자 바다에 갈 수 있어요

육호수

시인의 말

새를 만난 적 없는 새에게

2018년 8월

육호수

차례

1부

2부

3부

부록

1부

나는 방을 감추는 사람입니다

문 앞에서 자꾸 죽지 마

밖에 나서지 못하고 불 꺼진 식탁에 앉아
콩 조림을 세었다
콩알만큼의 어둠을 방 안에 심었다

더 나빠져야지 내일은
조금도 비켜 가지 말아야지

입술에 돋은 보풀을 뜯다가
빨래 세제를 삼키는 남자와
변기통에 새를 토하는 감옥에 대하여

창밖은 매일 저녁
철문 내리는 소리

오지 않을 수 있다

상한 반찬을 두고 고민하다
별 모양 꽃 모양
사료를 먹었다
심장 모양 뼈다귀 모양이 먹음직해 보였다

식탁에서 쫓겨나 내 발을 핥는 개의 체온이
두렵고 자랑스러운 날들

오지 않을 수 있다

불을 지피기 위해 몸에 너무 오래 머물렀구나
내가 이렇게 작고 사랑스러운 개에게 쫓겼구나
툭, 툭,
부드럽게 부러지는 성냥들

창밖은 매일 아침
철문 올라가는 소리

문 앞에 죽어 있던 몸들은
밤사이 누군가 제 집으로 물고 갔다
집을 집에 두고
가까스로 밖으로 나오는 사람들

오지 않을 수 있다

어디로 자꾸 사라지는 거니 문 앞에서
가장 가까운 곳에서

내가 깬 유리병을 대신 치우는 사람에게
용서를 빌 뻔 했다

미아

말라가는 지렁이 앞에서
빛에서 온 축복에 대해 이야기했다
보도블록과 썩은 잎의 방향을
종일 맞추어보았다

이렇게 좋은 날
누군가 나의 처벌에 정성을 들이고 있구나

놀이터에 집을 짓고 해가 질 때까지
소녀와 함께 살았다
모래로 밥을 지어 먹었다

아이야, 지금은 가족이 둘뿐이지만
이웃들에게 착한 일을 많이 하면
누군가 현관 앞에 새 동생을 두고 갈 거야

주머니가 지저분한 소녀가 되어
아이의 옷소매 엄지 검지로 집고
어둔 골목 졸졸 따라 돌아왔다

아이야 네가 잠에 들면,
호랑거미의 통통한 배에 플라스틱 총알을 쏘았던 나의 어릴

적 일과

　　어항에 고춧가루를 쏟아버리고 울었던 더 어릴 적 일과
　　소년의 죄와 백치의 기쁨과

　　얼굴의 닮은 곳을 하나씩 찾으면 우리,
　　밤은 지날 수 있다

　　아이는 하얀 잠꼬대를 하고
　　꿈속에 나의 대답이 들릴까 봐 대답 대신
　　기도를 했다 두 손 대신
　　용서하고 싶은 사람의 뒷모습을 모았다

　　넘어지는 꿈을 꾸면 키가 큰다는데
　　뒷모습은 잘 자란다

　　하얀 꿈속에서 수백 번 새로 집을 짓겠지
　　아무도 그 집을 찾지 못하고 지붕 없는 부엌에서
　　모래로 된 밥을 먹겠지 먹어도 배가 차지 않고
　　누군가 식탁을 걷어찰지도 모르지만
　　소꿉놀이가 끝나도 헤로인은 집을 허물지 않아

　　잠에 든 아이 키 큰 걸 바라보았다

깨진 무릎이 갓난애 머리통 같아,

루어

있어야 할 것들이
있어야 할 곳에 있는 방 안에서
기다리다가
뭐라도 해야 할 것 같아서 아팠다

일어나는 척
일어나지 못하는 척

나 여기서 지낼 거야

오늘은 몇 개의 해골이 땅속에서 폭
무너졌을까
처음 피아노를 배우는 아이의 손 안에서
몇 개의 달걀이 부서졌을까
궁금해하면서

잠들기 전에 했던 말들을
눈뜨자마자 이어서 할 수 있게 될 때까지
방금 허물을 벗어낸 살갗으로
빛의 훌쩍임을 듣게 될 때까지

여기 누워 기다릴 거야

오늘은
더 내어줄 꿀이 없는 벌집
오늘은
자신의 몸집이 자랑스러운 진드기

눈을 혀로 쓰게 될 때까지
빛의 모서리를 눈으로 쓰다듬으며
여러 옥타브의 비명을 갖게 될 때까지

여기에서

스위치 둘레가 저절로 짙어진다
점점 더 방의 깊은 곳에
식칼을 숨기게 된다

혀를 내밀고
혀를 말렸다

물길

오늘 골목 한 귀퉁이엔
그곳이 제 자리인 양 앉아 우는 사람이 있다 오래전
그 사람을 잃었던 것 같다 골목은
그 사람이 몸을 끌었던 자국 같다

오늘 골목엔 보도블록이 많고
보도블록엔 조개껍데기가 박혀 있고
조개껍데기 위엔
달에 이끌려 부풀던 바다가
가로줄 무늬로 남아 있다

바다, 라고 말하면
바다를 잃은 적 있는 것 같아
빗금으로만 칠해놓았던 해변은
다시 찾을수록 옅어지고
매일 한 사람씩 잃으며
골목은 둘레를 넓혀왔다

숨을 바다가 없었던 거야
갑자기 바다가 밀려왔던 거야

혼잣말이 다 사라질 때까지

눈을 감고 백까지 셌다
모래 속에 발을 감춘 나무에게
걸음을 나누어주었다

하나, 둘,
잎사귀 사이 피어나던 포말과
같은 방향으로 흔들리던 버스 손잡이와
아흔일곱, 아흔여덟,
시계추로 오가던 파도와

비둘기 미신

살아 있는 게 익숙해서
비밀을 나누지 않아도 좋았다

얇고 투명해서
어제와 오늘을, 물에 젖은 습자지를
매일매일 순순히 꿰맬 수 있었다

계란 노른자에 자꾸 피가 섞여 나왔다
노란선 밖에서 언제나 살아남았다
생각 없이 밥을 먹다 세게 혀를 씹었다

선풍기 앞에서 입을 벌리고
못할 말들을 뱉었다
뼈가 있고 꿈이 있는 곳에서
뼈가 없고 살이 있는 꿈으로

바람에 섞여 되돌아오는 말들을
도로 먹었다 얼굴에 다 묻었다
지저분한 얼굴로 거리에 나가
나무에 붙은 매미 하나를 울렸다
아니다, 매미가 울 때까지 기다렸다
아니다, 매미는 빈 배를 울려 소리를 냈을 뿐이다

필사적으로 설거지를 하고
노력을 다해 집으로 갔다
안전벨트를 챙겨 맸다
매끄럽게
빛이 변하고 있었다
비밀은 없었다

피할 수 있는 것은 모두 피하며 걸었다
외면한 무엇에 대해서는
(이를테면, 전단지를 건네던 고양이 인형에 대해서,
　인형 탈의 몸통과 머리 사이에서 새어 나오던 어떤 불가피
한 악취에 대해서)
　외면했기 때문에 무엇도 쓸 수 없다

몸의 무게가 느껴지지 않아서
마음 바깥의 세상을 걷고 있다고 생각했다
은행을 밟는 줄도 모르고
누군가 은행을 깨뜨리길 비둘기가
얼마나 오래 기다렸는지도 모르고

비둘기는 두 발로 서 있는데도

왜 주저앉아 있는 것처럼 보일까
그러나 마음은
냄새나는 꿈의 부스러기들을 쪼아 먹는
순하고 정직한 짐승일까

여름을 위해
짧게 손톱을 잘랐다

In saecula saeculorum

안녕, 나의 여행을 부러워하던 당신. 지금은 어디론가 돌아가는 밤 비행기 안입니다. 이따금 난기류에 비행기가 흔들릴 때마다, 영혼의 무게를 측정하려 했던 한 괴짜 과학자의 실험을 떠올립니다. 영혼의 무게를 증명하기 위해 저울 위에 올라가야 했던

아주 잠시, 백만 톤의 눈이 천천히 내려 쌓이는 하나의 도시를

기록할 역사가 하나도 없는, 국경일도 기념일도 없는 도시를. 천천히 눈이 내리면, 박스 아래 오래 묻혀 있던 귤처럼 도시는 하얗게 잠기겠지요. 고양이들은 갓 지은 쌀밥 같은 흰 눈 위에 오줌을 누겠지요. 칭챙총, 칭챙총, 아이들에게 모두 같은 별명을 불러주어도 아무도 울지 않을 겁니다. 그곳에선 누구나 갈아입을 이름을 아주 많이 가졌을 테니까요. 그곳을 찾은 여행자들의 배낭이 점점 더 가벼워져서, 가장 은밀한 손길을 가진 소매치기도 여행자의 영혼 말고는 무엇도 훔치지 못할 거예요

망자들의 구덩이에서 나온 수천 개의 열쇠, 꼭 그 열쇠들만큼의 벽난로와 식탁을 생각합니다. 그곳에선 침대에 이름을 새길일도, 누군가의 무덤이 박물관이 되는 일도 없을 거라고

'세상'이라는 말도, '모든'이라는 말도 믿지 못하겠다던, 사람

말고 강아지에게만 영혼이 있으면 좋겠다던 당신. 비행기의 고도가 점점 떨어지고, 나는 왼쪽 주먹을 꽉 쥐고 눈을 감아요. 사랑하는 이의 장례식에서 자꾸만 하품이 나오는, 죽은 시인의 수를 다 합한 것보다 살아 있는 시인의 수가 많은 도시를. 눈이 오는 날에는, 꽃이 지는 날에는 차마 아무도 시를 쓰지 못하는, 피아니스트의 왼발처럼 고독하고 꿋꿋한, 영혼의 무게보다 가벼운. 그리하여 결코 지상에 추락하지 않을 도시를. 그곳에서 태어나고 자란 한 아이, 매해 겨울 한 번은 꼭 미끄러지던 아이가 한 번도 미끄러지지 않고 지나는 첫 겨울을, 눈 한 송이만큼의 기적을 잠시 생각합니다. 새를 만난 적 없는 새에게 건넬 인사말을 생각합니다

　이곳은 처음인데, 꼭 돌아온 것 같습니다

끝났어, 모두에게 동등한 여름 방학

해님은 표정이 없어요, 달팽이는 날개가 없어요
말하는 아이를 만났어
기도와 메아리 사이에서
햇살에 부서지는 빨래집게를 보았어

두꺼비들이 밟혀 죽어 있는 부드러운 길을 걸었어
풀린 신발 끈을 묶을 때마다 나도 모르게 혼잣말로

안녕히 계세요

천천히 물이 끓는 동안
칼을 쥐어보았어
물이 끓고 매번
넘치게 되고
손목엔
시계

벗은 몸으로 천국의 열쇠를 쥐고 있었는데
그 열쇠로 우리 집 문을 열 수는 없었어

그러지 말고 옷을 입을걸 그랬어 옷은 사람을 바꾸니깐
사람은 사람이 구하니깐

(그렇다 해도 열쇠를 고추라 부르진 못할 것이다
그랬다 해도 날개를 가리진 못했을 것이다)

실에 묶인 잠자리가 이끄는 곳으로
산책하다 들었어 주머니에
좋아하는 나무의 씨앗을 가지고 다니라고
어느 갈림길 위에서 내일이 필요 없게 된다면
그곳이 너의 숲이 될 거라고

주머니 속엔
필름 없는 사진기로 골목을 찍다, 골목이 되어버린 골목의 이
야기
영혼의 존재를 증명하기 위해, 저울 위에 올랐던 영혼의 이
야기
이야기 속에 정말 사람이 있다고 믿었던, 사람의 이야기
세상엔 세상에 다 잠기지 못하는 세상
그 위를 둥둥 떠다니는 속이 텅 빈 이야기들

숲
순례자의 마지막 꿈 혹은 피로
가려진 지평을 숲의 질병이라 부르며

이 숲이 악몽의 가장자리라 믿으며

숲
눈을 감은 아이들이 숲을 벗어나고 있었어
숨 죽은 풀이 아름 안겨 있었어 문득
벌목꾼의 좁은 어깨를 본 듯

콤포스텔라

1.

별이 우리를 바꾸어놓았더라도 그건 별이 한 일이니 괜찮을 거란 생각. 침대가 거의 전부인 방에서 서로의 부피를 견디기 위해 포옹했다. 길은, 간절히 자라나는 팔 같아. 네가 우리를 놓아버린 곳에서 매일 새로운 팔이 자라난다. 촉수, 너는 모든 사람을 한 번씩 다 만져보기 위해 태어난 별 같아. 이 길의 끝에는 영영 갈망하는 손이 달려 있는 걸까. 별과 별 사이 무수히 교차하는 꺾인 팔들. 밤과 그늘을, 그늘 속과 그늘 위를 구분할 수 없을 때까지 걷게 되기를. 하지만 언젠가 우리는 이미 밤하늘 속을 걸었던 것이다. 어젯밤 길 위엔 맨바닥을 쪼는 비둘기, 시소를 타는 노인들. 언젠가 우리의 놀이가 유치해져 더 하지 못하는 때가 올 거야. 그때에도, 풍경에 잡아먹히지 않기 위해 부러 기척을 내던, 구유 속의 고아들같이, 씩씩하게 걸을 수 있을까. 실은 나, 별이 되고 싶은 게 아니에요. 돌 속에 잠긴 얼굴로, 우리가 거의 전부인 들판에 그늘도 없이 너무 오래 벗고 있었던 것이다, 별은. 내일은 우리 따로 걸을까요. 가꾸어진 골목을 걷는 기분으로. 하지만 혼자일 때에도, 달팽이를 밟으며 걷는 편이 즐거울 거야. 노랑나비들의 난교, 율동하는 지평. 별이 우리를 망가뜨렸어도, 그건 별의 일이라 괜찮을 거란 생각

2.

그 많은 별들이 왜 우리에게 필요했을까. 수화기 속에서 너는

말했지. 수도원의 정원에서 별을 보고 있어, 라고 무른 백지 위에 이제야 적는다. 밤의 소용에 대해, 달의 눌변에 대해, 아무것도 모르는 하늘의 압정들. 별, 이라 소리 내어 읽고 나면 그제야 밀려오는 밤하늘, 닫힌 입술 위를 더듬어 달팽이가 기어간다. 살 대신 뼈를 긁을 수 있다면 좋겠어, 이런 유치한 놀이를 더는 견딜 수 없게 되었어. 숙주, 나는 가장 허술한 춤을 비추기 위해 물렁해진 거울 같아. 별, 먼 곳에서 이제야 부를 때, 나는 이름을 몰라 낮에도 자고 밤에도 자겠지

살과 닿을 수 없는 살의 소리
윤곽 없는 들판과 썩지 않는 맨발들

우리 이제 더는 하지 말자. 이불의 주름처럼 웃었지. 주름 없는 들판 위라 괜찮을 거란 생각. 서정, 달의 표정을 취조하는 수정체와 달빛에 순응하는 홍채. 너는 별이 되고픈 게 아니라고 했다. 먼 별, 먼 별을 문질러 지우는 썩지 않는 맨발들

2부

해변의 커튼콜

살점 없는 십자가를 왜 바다에 던지나

먹다 만 빵을 바다에 던지면 새들이 뛰어들어 헤엄쳤다
부끄럼도 없이
아름답게

파도는 내가 버린 얼굴들이었으므로
나의 해변은 항상 모래성보다 먼저 폐허였다
알아들을 수 없는 농담처럼
내게 맞지 않는 신발들만 밀려왔다

썰물, 모래 위엔 두 마리의 물고기
젖은 이불을 덮어주면 끝없이 불어나며 파닥였다
집에 돌아와도 파닥파닥, 끝나지 않는 커튼콜

짠바람 먹은 베개 밑에 칼을 묻고
어떤 아이도 배지 않는 이불을 덮었다
잠을 깨지 않는 얼굴들 일흔 명을 일곱 번씩
집에서 몰아냈다
일흔 번째, 일흔의 일흔 번째에도 파도가 왔다

그러다 내가 먼저 잠이 드는 날이면

모르는 사람 잠에서 깨어 해변에 나무를 심었다
잠든 내 머리를 빗기면
조용히 나무가 자라고
나무에 새긴 이름들
산모의 튼 살처럼 갈라질 때까지도
짝짝짝 끝나지 않는

커튼콜; 신이 떠날 때 우리에게 그림자라는 뿔이 돋아났다

나를 집어 바다에 던지면 검은 개들이 따라 뛰어들었다
용서도 없이
아름답게

바다 위 부표를 볼 때면 젖니가 흔들렸다
구름은 바다의 끝자리에서 뛰어내려 선분이 되었다
멀어지는 뒤통수처럼 하늘이 돌아눕고 있었다

커튼콜, 내가 살아난 이유를 오래 설명하기로 했다

포교

첫 음성을 들었다

그는 천국에서 온 간첩이었다
나는 그를 숨겨주었다

천사는 천국의 기쁨을 가지고 오다. 나는 사랑하는 이들에게 알릴까 고민하다. 나는 어디에서든 방심하게 되다. 좀 더 포괄적 의미의 인간이 되어가다. 잠옷 입은 아이들과 난간에 기대어 아래를 내려다보다. 풍선에 빛을 담아 창밖으로 던지다. 세계를 구하다 보면 세계와 사랑에 빠지나 봐. 모기가 모기를 잊고 바닥을 기어 다니다. 달걀은 무사히 늙어 죽는 닭의 꿈을 꾸다. 이젠 너도 나를 아주 불신하진 않는 거야. 천사들과 농담하다. 부흥. 우리는 죽음과 믿음 사이에 경계가 없다. 새를 쫓다. 새가 아닐까 봐서

　*

너무 많은 빛이 방에 쏟아 들어와 꿈에서 깨다

이런 일들을 정말 견딜 수 없었다면 이미 죽었겠지

오늘, 늙음을 이해한다고 생각하다가, 이젠, 사랑에 천착할 수 있을 거라 생각하다가, 오늘 아침 어쩌면 빛이 나를 완전히 통과할 수도 있었다고 생각하다. 빛을 의심할 이유를 잃어가다 마침

개가 숨을 멈추다. 너도 날 더 핥을 순 없는 거야. 개와 숨을 나누다. 개가 개를 버리고 날아가다. 창문을 닫고 어깨를 움츠리다

*

천사에게 침을 뱉다 꿈에서 내쳐지다
베개 위로 침이 마저 떨어지다

오늘은 수치를 배워볼까

상처가 살 속으로 잠기다. 인형들을 벽 쪽으로 돌려 앉히다. 어제 죽은 개가 창가에 와 울다. 농담을 생각하다. 이곳은 당신 사는 곳이 아닙니다. 꿈에 들어가 난장 피우다. 인형에게 영혼을 구걸하다. 미안해, 난 널 더럽다고 생각하고 있어. 언젠가 꼭 한 번 빨아줄게↙. 뻔한 일을 두려워하다. 종일 방바닥에 침을 뱉다. 사랑받아 마땅한 사람이 되다. 오늘은 수치를 배워볼까. 벽에 맨등을 기대어 창밖을 내려다보다. 가죽. 지금이 아니면 안 될 거야. 지금이 아니면 안 되는 거라면 죽음은 영원이 아닌 거야. 매일 시계에 새 건전지를 갈아 끼우다. 영원. 인형이 내 말을 듣고 웃다. 영원. 어깨에 귀를 대고 더 작게 말하다

☾ 베드로가 이르되 주여 내 발을 절대로 씻지 못하시리이다. (요 13:8)

양들의 눈에 비친 습지

옥탑에서 천사는 멸치 똥을 뗀다
삼십 분 안에 사랑에 빠져야 하는 멜로 영화 주인공의 눈빛
으로
종종 아래를 내려다본다
지상의 주민이 되고 싶어…

약속을 지켰는데
약속이 더 이상 남아 있지 않았다
울어야 할 얼굴은 내가 아니지
하지만 습지 앞에서 양들은
가축의 두 번째 얼굴을 얻게 될지도 모르지

어제 새가 죽었고, 빈 둥지에서
밤사이 누군가 나뭇가지를 조금씩 빼가기 때문이다
버려진 걸 몰랐으면 좋았을 사람들이
새벽에 깨어 붉은 오줌을 누기 때문이다
머리뿐인 멸치의 시선을
사랑할 수 있을 것 같기 때문이다

천사는 창백한 하품을 한다
자신이 합리적 공간의 잉여라고 생각한다
알몸으로 죽는 건 어울리지 않는다고 생각한다

이 방에 살던 사람들은
모두 네 발로 기어 나갔어
천사는 다 알고 있어서

세숫대야 물때 아래 쌓이는
입 벌린 사람의 얼굴

부처의 눈에 비친 부처

옥부처는 무한의 첨단ﾑ을
표정 없이 보고 있다

그 앞에서 몸을 거듭 무너뜨리다
탑은 무너지며 다시 탑이 된다고
생각했던 것 같다

안녕하세요 저는 시 쓰는 호수입니다
혹시 전생을 짊어진 천사의 거울에 대해서
후생을 모르는 가축의 울음에 대해서
왜 사람은 집을 짓고
천년이 몇 번 지나도록
당신 앞에서 무너뜨리는지
아시나요? 아니면 다 잊었나요?

저는 이름을 버린 적 없는데
저의 문장을 책임질 수 없을까 두렵습니다

공양을 마치고
죽비를 든 스님은 나만 세게 때렸다
스님은 절하는 동안 절만 하는 줄 알았는데

산이 산을 무너뜨리고
물이 물을 부를 때까지

길을 잃지 않기 위해서
돌 위에 돌이 쌓일 것이다
우주에서 가장 투명하고 부드러운 돌 위에
우주에서 가장 어둡고 모난 돌이 쌓이기도 할 것이다

몸 위에 몸이 쌓였다
숨을 들이쉴 때마다 탑이 무너졌다
숨을 모두 내뱉고 가만히 누워 있어도
나는 돌이 되지 않았다

산 위에 산을 쌓을 순 없었다
물 위에 물을 가둘 순 없었다
몸이 무너질 때마다
세상이 처음부터 다시 시작되었다

탑을 오르다 잠에 든 사람은
탑을 내려가지 않아도 되었을 것이다

☽ 보들레르, 「예술가의 고해 기도」

파종

사월의 눈. 땅에 닿기까지 기척 없이 살아남는다. 고양이를 괴롭히던 아이들은 오늘 아침에도 할머니에게 나쁜 꿈을 자랑했겠지. 눈을 뭉쳐 죽은 이들의 얼굴을 기억하던 계절이 지나고, 두 팔로 아무것도 짚을 수 없는 땅속에서도 씨앗은 위와 아래를 기억하겠지. 사형 집행인의 딸들은 밧줄의 매듭짓는 법을 아버지에게는 묻지 않겠지. 개가 짖지 않더라도 전화벨은 울리고, 아버지는 밥도 먹지 않고 달력 뒷면에 서명을 연습하겠지. 딸들은 엄마가 왜 매번 할머니의 밥에 손톱을 흘릴까 궁금해하겠지. 밥그릇을 내오다 엉덩방아 찧은 뒤로는 딸들의 목뒤로 나무가 자라겠지. 딸들은 가끔 무섭고, 자꾸 뒤로 넘어지고, 할머니는 키가 크려고 그런다 말해주겠지. 딸들은 부모 대신 고개를 숙이고 걷겠지. 나무는 자꾸 자라겠지. 저녁엔 한방에 모여 서로의 나무가 예쁘다 말해주겠지. 밤새 거울 앞에서 묶었다 풀었다 반복하겠지. 마지막 저녁 식사 뒤의 모든 아침. 주저앉은 자리를 기억하는 눈이 다 녹으면 이제 딸들은 산에 가지 않겠다 말하겠지. 그럴 때면 할머니는 옛날이야기를 해주겠지. 나무가 다 자란 소녀들이 죽어 누운 자리에 산이 생겼다는 이야기를. 언젠가 딸들이 모두 알게 되더라도, 어느 해변에 불이 켜지고 눈 내리는 사월이라도

철야

　기도하는 사람의 머리 위로 하나의 손이 내려앉았다. 기도하
는 사람은 기도 속에 있으므로 머리 위에 내려앉은 손을 알지 못
했다. 기도하는 동안, 바다가 말라붙고 천사들이 네 발로 땅 위
를 기어 다녔다. 기도하는 동안, 세상의 모든 생명이 사랑을 그
만두었다. 기도하는 동안, 새들이 울음을 멈추고 사람의 말을 시
작했다. 대신에, 세상의 모든 아이들이 말을 멈추고 새의 울음을
터뜨렸다. 기도하는 동안, 천국의 뿌리는 언약의 그늘 속으로 더
깊어지고, 신은 기도하는 사람의 머리 위에 손을 얹는 데에 남은
힘을 다 썼다

고해 전일

—아스토르가

함께 걷는 이에게
말을 걸어본 지 오래되었다

다 자란 아이를 유아차에 태우고 산책하는 부부와
음료대 꼭지에 부리를 넣고 물을 마시는 비둘기와
입을 맞추는 소년들과 죽은 새 위에 모여 앉아 가지런히 두
날개를 모으는 나비들과

오늘은 긴 잠을 자도 좋겠어
아주 오랜만에 이런 생각이

모퉁이를 돌자
모퉁이를 함께 돈 이가 무너져 내리다

다시 길을 돌아와
닫힌 성당 문을 한 손으로 밀어보다 멈춘.

몸으로 내게 허락되었던
만약에 대하여 생각하다

떠나려 문을 쓸어내리다 손에 가시가 박히다
문에 기대 박힌 가시를 빼어내던 중

계단 아래 골목 어느 노부부가 놓쳐버린

풍선이 바람에 쓸려
차 밑으로 들어가다

부부의 멈춘 얼굴에
참혹이 씌워져 떠나지 않다

이제, 풍선 하나와 마주 누웠다
어떤 무표정 하나

고해 당일

—아스토르가

"와서 아침을 먹으렴" 예수가 말하니
제자들이 주인 줄 알아보고
"당신은 누구십니까"
감히 묻지 않았다 (요 21: 12)

지하실에 앉아 풍선을 불다가
하얀 옷을 입은 아이를 보았다
아이는 너무 작아서
계단을 오르지 못하고 있었다
어디 가세요? 나는 물어보았다

사 층에 가요
아이를 안아 들어 사 층에 데려다주었다

집에 부모님 계시니?

품 안에서 아이는 대답 없이 나를 바라보았다
처음 만난 아이인 줄 알았는데 아니었던 거지
아이야 미안해 나는 여기서 떨어질 거야
그러지 마요
아빠 오늘 아침에 배가 고프면
아침을 먹고 가요

마른 베개에서 깨어났다
순례자들은 몸을 뒤척였다
딸을 만나 반가웠다
우리가 만나기까지 나는 지하실에서
풍선에 눈 코 입을 그리고
수염을 조심스레 얼굴에 찍어 넣었어야 했는데

아침을 챙겼다
풍선 주는 일을 잊어
몹시 미안했다

살을 씻어 먹으면

1.
세례를 받은 다음 날
낡은 도마 위에서 깨어났다

누구의 식사를 위하여 나를 물로 씻깁니까
나는 씻김 받은 몸, 칼을 노려보는 물고기

당신은 사람을 위하여 나의 몸을 씻깁니까

2.
매일 아침 도마 위에서 잠을 깨는 아이들
너희의 등을 쓰다듬어줄 순 없지만
숫돌에 손가락을 갈아 기도문을 지어줄게

흙으로 된 몸으로 천국에 간 사람은 둘뿐이고
흙으로 된 몸으로 지옥에 간 사람은 아무도 없단다

출구가 있다면 악몽도
끊어진 꼬리, 채집통에 갇힌 벌레일 뿐

백치의 영혼을 지옥의 변두리에 머물게 하신 아버지
대개 나라와 권세와 영광이 영원히 지옥의 변두리에

3.
배 속을 벌레로 가득 채우면
나는 나비의 무덤
사마귀의 식탁이 된다

쌀을 씻어 먹으면 사람

하얀 나의 식탁 위로, 나의 쓸모없는 제단 위로
제비나비가 날아 들어와 흰밥 위에 재를 묻힌다
좀사마귀가 기어 올라와 종이 속에 싸여 묻힌다

참회; 나비의 무덤에 어쨌든 술을 붓는다
참회; 사마귀의 식탁에서 나비를 위해 운다

4.
당신은 나를 헤집다 코에 재를 묻히고 돌아갑니다
나는 물에 씻어 숟가락 위에 올린 당신을 삼킬 것 같습니다

식사 전,
오늘도 도마 위에서 깨어난 아이들과 함께 기도합니다
죄를 남기면 지옥에서 모두 비벼 먹는다
아무것도 모를 때 많이 먹어두렴

소돔의 밤

천사가 나의 등에
날짜를 새겨놓고 떠났다

하지만 더는 가지 않을게
나는 네가 이해한 만큼의 사랑이고
사랑한 만큼의 걸음이니까
이 도시의 가장 아름다운 시신이 되어 누운 너와
한쪽 눈을 서로 맞바꾼다면

지도 없는 행성의 한가운데에서도
죽은 눈이 산 눈을 찾아 다시 이곳에 돌아올 수 있을까
산 몸의 죽은 눈과, 죽은 몸의 산 눈 중
어떤 눈이 더 오래 눈물을 흘릴 수 있는지 알고 싶어

밤이 길어질수록 이 땅엔
좀 더 깊은 곳에 살던 물고기들이 나와 죽을 거야
그 위로 재가 쏟아진다면
네 몫을 함께 맞아주었으면 좋겠다

그곳엔, 이미 사랑이 도착했다 들었다

우리라고 부를 이가 남지 않은 것이

꼭 내 탓인 것처럼

이곳의 개들은 나를 보면 문다
그래도 따뜻해서 좋았다

스노우 볼

—난민의 육아

새장 속에서도 새는 가볍습니다

벽과, 창살과, 유리와,
유리를 통과하는
빛과, 유리를 통과하지 못하는 빛의 입자와, 꿈
속으로 새어 들어오는 목소리와, 새어 들어온 적 없는 목소리
와, 파문과 시간의
인과와, 사랑과, 별과, 어둠 없이 당신의 부재를 증명하고자
했습니다

포장된 과자 봉지 안의 서늘함

천사는 자신이 곤궁할 때를 대비해 나를 살찌우고
덕분에 나는 낮잠을 자는 등대지기입니다, 빛을 의심하지 않
습니다
나는 쇠창살을 태연히 통과하는 아기 고양이
흔들리는 커튼과 수줍게 입을 맞춥니다

하늘을 향해 흔들리는 끊어진 거미줄 하나
지나던 빛이 거미줄에 베일 때
세상은 잠시 금이 간 스노우 볼 같습니다

필연
기도를 할 때면 사진 속에 들어온 것 같습니다
참호 위에 내일의 만나가 쌓여 썩어갑니다
나는 나의 유일한 상주가 되어
씨앗의 춤, 이미 잠에 빠진 사람을 위한 노래
필연 나의 귀는 먼 곳에 있는 것입니다

한 번의 날갯짓에 한 번의 몸

새장 속에서 비로소
혼자 있고 싶어 더럽습니다

나는 오늘 혼자 바다에 갈 수 있어요

우리는 바다에 갔지요. 그것만은 어쩔 수 없어요

가끔, 이곳으로부터 멀어져 다행이라 생각했어요. 그러나 이곳에 올 때면, 이곳으로 버려져 다행이라 여기지요. 언제고 이바다가 밤하늘로 쏟아져 내려도 좋을 거라고. 밤의 바다에서 이제 더 기대할 것이 없다고

발가락 사이 녹아 사그라지는
모래에 잠겨 옹알이는

그러나 나는 혼잣말을 모르므로, 당신이 언젠가 내뱉은 약속을 인질로 붙잡고 바다에 가요. 모래 위에 조난 신호를 눌러씁니다. 모래 위에 비행기를 그립니다. 물고기를 그립니다. 바다를 그립니다. 그러나 누구의 기척도 없고

우리의 침묵은 때론 파도로 가득한 해변이 됩니다
파도로 가득한 해변은 우리의 침묵이 되었으므로

약속이 미뤄진 줄도 모르고 기다리지요. 하나도 될 수 없고, 둘도 될 수 없는 허술한 공백 속으로 걸어 들어가지요

우리의 고독이 음악이 될 때까지

그리하여 물이 물을 부를 때까지

나보다 더 홀로인 당신에게
나의 입으로 발음할 수 없는 우리에게

파도 위에 파도가, 모래 위에 모래가, 몸 위에 몸이 쌓이는 세계로, 바다로, 우리가 오래 잊어 더욱 하나일 바다로, 아무리 잃어도 줄지 않는 시간으로

당신은 꿈에서도 날 파양한 게 아닐까?
이곳은 우리가 거듭 뛰어내렸던 허공이 아닐까?

모래성을 짓고 성문 위에 깃발을 꽂아봅니다. 바람 없이 흔들리는 깃발. 스르르 무너져 내리는 성. 말을 더듬으며 걸음은 허물어 내리고, 그때 우리가 바다에 두고 온. 바다에서 잃어버린

우리는 바다에 갑니다. 그것만은 어쩔 수 없어요

"이제 바다야" 내게 속삭일 때 나는, 망설일 수 있어요. 말을 더듬을 수 있어요. 파도를 되감을 수 있어요. 바다를 뒤집을 수 있어요. 당신의 발과 엇갈리며 걸을 수 있어요. 그러나 나의 바다로 메울 수 없는 당신의 동공을 다시 마주할 때

맛체바

사람의 자식이여,
이 뼈들이 살아날 수 있겠느냐?
(겔 37:3)

등을 오래 바라보았더니
내게 등이 없었으면 좋겠어

매일 제자리에 서 있는 저것이
누군가의 등이 아니라
돌기둥이었다면

돌 속에 잠긴 얼굴을
어떻게 돌 밖으로 꺼낼 수 있을까
손에 칼을 쥔 날부터
돌 속에서 들려오는 파도 소리에 이가 시리다

돌의 껍질을
어떻게 돌로부터 벗겨낼 수 있을까
어떤 망설임으로
돌이 피어올린 피딱지를 긁어낼 수 있을까
등이 전부인 몸에 기대어
빛이 잠겨 소곤대는 구름 속을 바라본다

돌의 생사가
돌에게 빌린 입에 달려 있듯

만약으로만 가능한 세계에서
만약을 빼어내고 무너지는 몸을 견디는 일이
기다림이라면

돌릴 수 없는 등을 돌렸을 때
있을 수도 없을 수도 있는 얼굴

머리 위를 올려다보았을 때
있을 수도 없을 수도 있는 하늘

기다리는 동안
아침의 돌과 저녁의 돌이
하나로 포개어 숨을 섞으며
기다림의 이목구비가 사라지는 동안

있는 얼굴
있는 하늘

나의 어린 신이 집을 나간 날

거울에 이마를 대면
고개를 끄덕일 수 없다

거울에 이마를 댄 채
턱을 좌우로 흔들 수는 있다
차가운 두부 속으로 파고드는 미꾸라지처럼
무리 속으로 파고드는 어린 양의 엉덩이처럼

거울에 비벼대는 머리칼을 쓰다듬으며 소년은
자신의 선함을 의심하지 않았을까 나는
칭찬을 받기 위해
고의적으로 실패하는 아이같이 굴었다

우리 둘 중 누군가 먼저 몸을 돌려 달아난다면
등을 바라보는 사람은 맹수가 되어야 한다고

가지 말아달라고
누군가 애원하고 있다

역설 없는 곳에서
긴 잠을 잘 수 있다면
우리가 같은 주머니 속이라면

*

심해어에게 어둠은 무엇일까
빛이 없던 시절
신의 불면에 대해 생각하며 뒤척일 때

불 꺼진 방

누군가 거울 속에서
나를 빤히 보고 있다

어둠을 향해 개가 짖을 때
개의 적개심은 어디에서 생겨난 걸까
그러나 나는 어둠 속에서
무엇도 지켜낸 적 없다

목자의 아들 혹은 독사의 자식

어둠 속에서
맹수의 노란 눈이 나를 노려보고 있다
그러나 나는 어둠의 뒤를 노려본 적 없다

목자의 아들
독사의 자식

나의 敵은 천국에 있다
나는 천국에 가야 한다

꿈에서도 내가 싸우길 바라며
꿈속으로 걸어가는 뒷모습을 응원했다

그러나 꿈속에
그 많은 개를 풀어놓은 건 누구였을까

3부

일곱 살의 그림자가 나를 따라 들어오고

어떤 꿈에선 내가 정말 일곱 살이었다
그런 날엔 일곱 살로 깨어나

착하게 이불을 개고
문법 수업을 듣고
국밥을 먹고
신문을 보고
사랑을 했다

그러나 일곱 살의 나는
시를 못 써서

의자에 앉아 한꺼번에
나이를 먹어야 했다

꾸역꾸역
울음이 쏟아졌다

눈에서 그림자가 쏟아졌다고
일곱 살이 아닌 내가 받아 적었다

장롱 속에서

　우리, 앞머리를 자르자. 우리 둘만 알아볼 만큼만, 아무도 알아채지 못해도 괜찮을 만큼만. 폭신한 어둠 속에서, 누군가의 이마 위에 가위의 차가운 끝이 가 닿고, 싹둑, 우리는 기억해낸 것이다. 이제 정말 도망칠 때가 된 것 같아, 우리 중 누군가 귀에 대고 속삭인 적 있다. 너는 그런 일을 겪지 말았어야 했는데, 우리 중 누군가 대답한 적 있다. 그렇게 우리는 거울 앞에 나란히 섰던 것이다. 히히, 나는 거울 속의 너를 울릴 수 있었다. 히히, 너는 거울 속의 나를 웃길 수 있었다

　재미없어, 거울 속의 유실물들. 우리가 마주 보기 위해선, 홑겹의 거울 속에서 마주하고 있을 우리를 포기해야 하잖아. 하지만 장롱 안에서 이제, 우리는 그럴 수 있지, 눈앞에 가위가 다가와도 눈 감지 않을 수 있지. 서로의 악몽을 아주 조금 잘라낼 수 있지. 이미 당도한 어둠 속에서, 누가 이곳을 지켜보고 있을지, 누구의 눈꺼풀 속인지 중요하지 않지. 히히, 서로를 간지럽힐 때, 헝클어진 바닥에 떨어져 쌓이는 건 무엇일까. 그러나 너의 손은 상냥해서, 히히, 간지럽지 않았다

실험 관찰
―조용히 문을 잠그고 소년은 일기를 쓴다

죽음을 무서워하지 않는 엄마가
둘쯤 있으면 좋겠어

의자에 압정을 깔아두지 않는
사물함 손잡이에 치약을 발라두지 않는
신발주머니에 죽은 쥐를 넣어두지 않는
빌려 간 리코더를 변기통에 휘젓지 않는
친구가 있으면 좋겠다

우리가 어떻게 친해졌는지 기억하지 않을게
비밀을 말해주어도 기억하지 않을게

테트라포드 위를 뛰놀다 헛디뎌 잠에서 깰 때마다
엄마는 또 다른 소년에게 유년을 나누어주고 있었다
귀신들은 다정하고 나를 울리며 노는 것을 좋아한다

무언가 잘못했기 때문이라고 생각했다

의자에 앉아 어항 속 구피를 관찰했다
구피가 더 작은 구피의 지느러미를 물어뜯거나
바닥에 가라앉은 똥을 먹거나 할 때면
뜰채로 구피를 꺼내 붉은귀거북의 어항에 넣었다

벌레는 벌레를 먹고 구피도 벌레를 먹고 붉은귀거북은 구피를 먹고

나는 물곰팡이가 피어난 붉은귀거북을 먹는 꿈을 꾼다

바닥에 구피가 떨어져 있었다

어항 밖으로 뛰어나온 구피를

다시 어항에 넣어줄 순 없다

구피는 새끼를 자주 낳았다

나는 의자 밑의 바큇자국

새 이름이 바닥에 떨어져 있었다

침대를 방파제라 부른 날부터 악몽은 범람하지 않았다

내일은 새 이름으로 학교에 가야 해

어항에 얼굴을 넣으면

얼굴의 빈 곳으로

구피들이 몰려들었다

기항지

—소년들은 가슴에 측심의를 대어본다

가장 먼 바다를 떠올린다
그보다 더 먼 바다에서

크고 흰 돛을 단 범선 하나가

수평선에 베어 부서진 배의 파편들과
구전이 끊긴 노래를 가득 싣고 돌아왔다

어떤 면에서 살아보지 않은 카드입니까

「접힌 살을 들추어보면 알지」 키잡이가 대답했다
자살하는 고래들의 성지
발톱이 태어나고 귀신이 죽는
모래톱을 들추어보면 알지
배에서 아비 없는 아이가 태어나면
발목을 잘라 바다에 던지는 거야
다음번엔 발목이 깨끗한
흰 고래로 태어날 거야

괄약근과 기도는 반사 작용으로 움직입니까

「폭풍은 두 박자로 멈추지」 선장이 대답했다

요리사가 죽자 나는 진심으로 기도하게 되었지

"고래의 저음과는 섞이지 않을 고결한 엉덩이를 낡게 해주세요"라고

30냥의 은화라면 바꾸겠지만 술로는 버리지 않을 믿음이 생겼지

그는 바다의 울음소리가 들린다며 말을 멈추고는 방귀를 뀌었다

바다는 누구의 창을 비추는 비명입니까

「귀를 잘라본 적이 있고말고」 갑판장이 대답했다

로맨틱 코미디의 총싸움 같은 장면이었어

별의 습관을 알기 전엔 방아쇠를 당길 줄 모르는 소년이었고

바다의 끝에서 하늘을 받치는 지레의 힘점이 끊임없이 움직이는 것을 보았지

바다를 본 적 없는 소년만이 돛에 바람을 불어 넣을 수 있어

메아리는 배웅을 앞지를 수 있습니까

돛잡이가 노래를 불렀다

「한 소년이 바다로 떠난다네

　　고래는 바다 아래

허풍도 모르는 소년이라네

　　좌표는 수면 위에

바다의 끝에서 만난 새 소년과

　　수심은 가슴 속에

바다를 지우며 돌아온다지」

먼바다로 떠나는

크고 흰 돛을 단 범선 하나를 그린다

깨끗한 이빨을 가진 소년을 가득 싣고 갔다

난간이 허리춤에 오는 나이

　그늘은 맞대도 그늘. 구름에서 튀어나온 나비들 달라붙어 떨어지지 않네. 굵으면 몸은 껍질이 되고, 껍질을 뜯어내면 오래된 옥상이 되고. 그늘은 뒤집어도 그늘. 껍질 벗긴 시래기는 관이 없어서 아직 살아 있다. 아니, 껍질이 없어서 살아 있다. 집을 뒤집으면 옥상. 옥상을 뒤집으면 마음. 하지만 밖에선 집안 얘기하는 거 아니라지. 화분은 화분대로 뿌리는 뿌리대로, 비를 기다린다. 먼지는 수용성, 번지는 나비 그늘. 방 안에서 죽으면 코코는 내 눈부터 뜯어 먹겠지. 더러운 우산을 들고 집을 나서는데, 아끼는 속옷이 옆집으로 날아가네

　그늘은 벗겨도 그늘. 인형을 자주 씻기면 인형은 옥상에 자주 나온다. 걸음이 생각나지 않을 땐 이불 빨래를 해야지. 어제 그린 지도를 다 지워버려야지. 문밖은 낭떠러지, 이불은 그늘. 두드려 털면 정든 꿈이 튄다. 옥상의 껍질을 벗기는 여름. 피뢰침 옆에 양팔을 뻗고 서서, 스스로 잘못했다고 생각하거나. 위성 수신기에 얹혀 앉은 새집에 주먹을 넣어보며, 떠나기엔 어리다고 생각하거나. 그늘은 자라도, 그늘은 쌓아도

어젯밤 방 안을 들여다보던 빨간 눈동자는 다 어디로 갔을까?

형, 구역질 나는 날씨는 아니야. 사람들이 앞으로 걷는다. 아이들은 놀이터에 모여 무엇도 잘못되지 않을 장난을 치고 있어. 이웃이 내다버린 손때 묻은 봉제 인형도, 죽기 전에 꼭 올라야 할 설산도 밤새 사라졌어. 어젯밤 발톱을 깎아주던 귀신이 우산을 두고 갔으니 오늘은 비가 올 거야. 구름에 들뜬 사람들이 거리를 가득 채웠어. 아무도 이곳을 바라보지 않으니까

형, 나와봐봐. 아이들의 얼굴에서 종기가 모두 사라졌어. 형이 오늘 혼자만의 슬픔을 기대하는 것 다 알고 있다. 오늘은 두 눈 뜨고 보지 못할 세상, 나는 믿어야겠다. 야생이 처음인 것처럼 나를 놀려야겠다. 개의 꼬랑지가 되자. 바람 산책 붉게 살랑, 밥, 별, 집, 칼, 형, 개의 눈으로 보니 밥이랑 집만 보인다. 아주 오랫동안 사람이었던 것 같다. 정육점에 가자. 외상으로 샀던 살점의 값을 모두 치르자, 형

공동묘지의 담장이 더 낮아졌어. 소매가 검게 물든 아이들에겐 이제 명랑이 저항이야. 모두에게 묘지의 속살이 훤해. 밤의 냄새나는 구김살을 모두 펴자, 버려진 인형을 꼼꼼히 씻기고 있던 곳에 두자. 오늘은 눈을 혀로 써도 되는 날, 어제 태어난 아이가 태몽을 꿔도 좋은 날. 개를 잃어버린 사람들이 집 나온 딸을 구경한다. 노인들이 유전 병력을 걸고 악의 없는 주사위를 던진다. 문, 틈, 손, 형,

혀 잘린 카멜레온의 색이 궁금하지 않니? 머리 위로 떨어지는 칼날을 맨눈으로 맞고 싶지 않니? 우리의 수음을 지켜보던

빨간 눈들은 다 어디로 갔을까? 어차피 흔들리는 관 속인데, 맘대로 자라나도 좋지 않겠니? 엄마의 장독대 속엔 또 누군가 웅크리고

누나 일기

누나, 똥 눌 때는 좀 안 따라오면 안 돼? 사실 저번 주에 누나 일기를 봤어. *방귀를 뀌었는데 똥이 나왔다*고 쓴 것도 봤어. 먹은 것도 없는데 똥이 나올 수 있다는 게 신기해. 누나가 일기장에 쓴 슬픔이라는 단어는 쯞픔이라고 고쳤어

갖지 못하는 것들을 생각할 때마다 몸에서 물이 나온다. 일어선다, 나무들의 불가지론. 무너진다, 바람의 이름을 상상하는 수초 ─우리는 하루 종일 뛰어놀아도 땀 냄새가 나지 않았었는데, 체육복을 빌려 입고부터는 냄새나는 물을 흘리는 몸이 되었지. 누나와 나는 전학생 둘. 타향의 거지새끼들. 다른 색깔의 체육복을 입고는 뛰어놀고 싶지 않았어. 내가 자전거를 못 타는 누나를 놀렸었잖아, 이제는 깨끗한 누나 무릎을 갖고 싶어. 나는 냄새나는 더러운 몸을, 누나는 냄새나는 깨끗한 몸을 가졌잖아.

나를 잡아두고 있는 건 아슬아슬한 모호함이야. 모르는 척 고속도로를 횡단하는 나방처럼. 검은 본네트 위에 노란 알을 낳는 잠자리처럼─우리는 난시를 물려받았지. 우리 집 말고 하늘에 계신 우리 아버지, 아무것도 또렷하게 보고 싶지 않으니까요. 우리는 기도 대신에 땅바닥에 종이컵 수화기를 대고 소리를 부풀렸지. 하늘에는 영광. 땅에는 고아들의 평화. 교회를 찾는 사람들, 응답처럼 우리 집 문 앞에 버려져 있던 아이들. 창밖에서 고양이 울음소리가 들려올 때마다 누나는 아빠의 베개를 훔쳐오

라고 시켰지. 좋은 꿈만 꾸게 되는 야곱의 돌베개라며

　인간이 무섭다. 나를 먹고도 아무것도 싸지 않잖아. 나는 싸니까, 믿으니까 하루에 열두 번도 더 죽음을 생각해—죽음은 설사 같은 걸까? 누나를 찾는 전화가 하루 종일 걸려와. 거기 딸기 아닌가요? 포도 아닌가요? 누나를 보고 싶어 하는 아저씨들이 이렇게 많아. 나는 이제 커서 방은 이렇게 작은데, 누나 말고도 잃어버리는 것들이 왜 이리 많은지. 그럴 때면 난 누나를 찾았었는데. 햄스터 한 마리가 보이지 않던 날, 톱밥 속에서 햄스터가 햄스터를 뜯어 먹고 있었잖아. 누나는 베란다 밖으로 우리를 던졌고. 그때도 슬프진 않았어

　잡히는 살마다 구멍에 채워 넣어도 메워지지 않는데 아무도 답을 가르쳐주지 않고, 알지도 못하고—누나가 지렁이에게 소금을 뿌리면 어떻게 되는지 알려줬던 날, 초등학교의 과학실은 지렁이로 가득 찬 곳인 줄 알았어. 꿈틀대는 지렁이들. 누나는 내게 더 굵고 큰 지렁이를 찾아오라고 시켰고, 흙 묻은 손으로 야단맞는 집으로 돌아갔지. 우린 배운 대로 빛과 소금을 주었을 뿐인데, 지렁이에게. 하지만 누나, 땅을 파고 지렁이를 손에 쥐고 온 건 나야. 낚시터에서 지렁이를 바늘에 꿰었던 것도 나였고. 죽기 전엔 우리 집에서 고아는 누나뿐이었는데. 이번엔 내 차례야. 이제는 나이 들지 않는 누나가 부러워

바지 속의 손가락들에게 부탁할게. 괴롭히지 말고 예의 있게 대해주었으면 해. 내 손톱에 고인 바다를 보여줄게—누나가 다시 말을 했으면 좋겠어. 누나 오늘은 육개장을 먹었어. 걱정 마. 아빠는 안 왔어. 이 부끄럼도 이제 누나 거야. 내게 더 양보하지 않아도 돼

호랑이 해야 합니다 남극의 사실입니까

바퀴벌레. 보살핌을 받고 있습니다. 먹이. 아직 확인되지 않았습니다. 개체군. 이상이 없는 것으로 확인됐습니다. 개미핥기. 찾고 있습니다. 어미 펭귄. 연락이 닿지 않고 있습니다. 짚신벌레. 기억하지 못합니다. 배추흰나비. 안정을 취하고 있습니다. 심해아귀. 보고 있습니다. 돌연변이. 어려워 보입니다. 짝짓기. 희망을 보았습니다. 왕관 앵무새. 묵과하지 않겠습니다. 세렝게티. 중단하라. 나미비아. 철회하라

찾았습니다. 확보했습니다. 출발했습니다. 반응을 보였습니다. 외쳤습니다. 위로했습니다. 확산됐습니다. 감동을 주고 있습니다. 책임이 아닙니다. 고민할 때입니다. 독려했습니다. 일상으로 돌아가십시오. 당부했습니다. 마십시오. 아닙니다

순진한 의인화

—부재중 코끼리

거미줄을 확신하는 코끼리는 거미줄에 걸리고,
거미는 거미줄의 치명을 안다

한 마리 코끼리가 거미줄에 걸리고,
사람들은 코끼리가 제 발로 거미줄까지 걸어갔다고 생각했다
쿵쿵 꼬리를 흔들며 쿵쿵 담장을 부수고
키보다 깊은 개울 속을, 긴 코만 물 밖으로 빼꼼히 내놓고 쿵
쿵 건너 마침내

아무도 모르게
거미줄에 걸렸던 코끼리가 발견되고
사람들은 더 이상 끔찍한 말은 하지 말자고 했다
거미줄이나 코끼리 따위의 단어들은 두려움의 무게를 키울
뿐이라고

한 마리 코끼리가 거미줄에 걸리고
사람들은 거미줄에 걸린 코끼리는 사실 코끼리가 아니라고
말했다
코로 무엇이든 할 수 있다면, 거미줄을 벗어나지 못할 리 없
잖아?

한 마리 코끼리가 아직 코끼리였을 때

코끼리는 코끼리인 줄 모르고도 살 수 있었을 것이다

한 마리 코끼리가 거미줄에 걸리고
코끼리는 다른 친구를 부르지 않았다

여덟 개의 눈으로 궁지를 가늠하고
여덟 개의 다리로 외줄을 붙잡고 대롱대롱
허공 위를 쏘아 다니는 거미 한 마리 거미 두 마리
세 마리 네 마리

창밖을 견디는 일은
풍선 안에 풍선을 불어 넣는 일 같아

오늘은 샤워를 다섯 번 했지만
마음이 흉해서
너를 보러 가지 못했어

나는 좀 더 작고
매끄럽고 싶다고
책상 밑에 들어가 웅크리고 앉아
만나지 못한 너에게 사과 편지를 쓴다

안경이 무겁다는 생각이 안경보다 커지면
안경을 쓸 수 없게 되지
누군가를 아주 미워하기로 마음먹으니
그 사람이 마음을 다 먹어버렸어
상한 마음을 먹고 다 토해냈어

이제 방 안엔 마음이 묻은 물건들이
마음보다 많다

우리로부터 가장 안전한 곳에 앉아서

사과 편지를 쓴다

우리는 우리가 아주 가엾어서
아주 웃음거리가 될 거야
그것만은 알 수 있다
(이 病엔 너의 이름을 붙여줄게)

우주에서 가장 안전한 곳에 서 있는 누군가가
마음이 이렇게 부어오를 리 없다며
손가락으로 나의 옆구리를 푹! 찔러보겠지

뻥!

치사량의 무관심을 확인하기 위해
창가에 선인장을 내버려두었어

어떤 고립은 빛으로 가시를 만든다
어떤 기도도 가시를 빛으로 풀어낼 수 없었다

내게서 팔이 자꾸 자라나
가시에 가 닿는다

푹!

미안해
나... 이제...
아무 말도 더 못 해

...

빨간색 하얀색 빨간색 하얀색
깜빡이며 유리창을 벗어나는
빨간색 하얀색 밤 비행기는 아직 밤하늘에
유리창 속 갇혀 있던 밤하늘은

뻥!

창밖엔 밤하늘
밤하늘엔 밤 비행기
빨간색 하얀색 빨간색 하얀색

☾ David Bowie ⟨Space Oddity⟩

낙원의 개

낙원의 개는 낙원을 지킨다. 낙원의 찬밥을 먹는다. 낙원의 입구에서 낙원의 목줄에 묶여 꼬리를 흔든다. 밤이 오면, 낙원의 입구를 서성이는 발걸음 소리를 듣는다. 개는 안다. 묶인 몸으로 밤에 깨어 어둠 속을 바라보는 두려움을. 개는 짖는다. 낙원의 두려움을 대신 느낀다. 초대받지 않은 이들을 향해 짖는다. 초대 받은 이들을 향해서도 짖는다. 낙원의 문 앞에서 달아나는 취한 발걸음들을 향해, 개는 아무것도 들리지 않게 될 때까지 짖는다. 들리지 않게 된 후에도 짖는다. 이따금 개는 뒤돌아 어둠의 얼룩 같은, 낙원을 바라본다. 개의 눈에, 낙원은 언제나 위태롭다. 개의 눈에, 자신이 지키는 곳은 언제까지나 낙원이다. 개는 자신의 적개심이 어디에서 비롯된 것인지 모른다. 하지만 자신이 무엇을 지키는지 안다. 낙원의 개는 낙원을 지킨다. 낙원의 개는 어떻게 자신이 이곳에 오게 되었는지 모르고, 낙원의 개는 이따금 생각한다. 낙원의 입구는 왜 이렇게 심심할까. 낙원 말고 다른 곳은 없을까. 여기보다 뼈다귀가 많은 곳, 지키고 싶은 것들이 더 많은 곳. 목줄에 매여 오줌을 참으며 개는 비로소 개의 기분을 느끼고, 낙원은 낙원의 사랑으로 고요하고,

부록

건망증이 심한 천사에게

안녕, 수도원의 시간을 조금 나눕니다. 오늘 아침 이곳 정원에서 참새 두 마리가 싸우는 것을 난생처음 보았습니다. 이곳에 당신이 있었다면, 당신은 다툼하는 천사들을 보았겠지요. 그 장면을 보며 무슨 생각을 했었는지 이제는 기억나지 않지만, 그런 일이 있었다고 전해주고 싶습니다.

안녕, 지금 눈앞에는 끊어진 거미줄 하나가 하늘을 향해 길게 흔들리고 있습니다. 이것이 기도에 대한 어떤 은유라도 된다는 듯 한참 바라보고 있습니다. 저녁을 지나던 빛이 하늘거리는 거미줄에 베일 때면 면도날에 스친 듯 입술이 움찔합니다. '마음을 다 놓아버린 사람의 헛손질에 베이는 신의 혀를 본 건 아닐까?' 라 생각해보고는 곧 부끄러워집니다. 저의 기도는 끊어진 거미줄처럼 자유로울 수 없었지요. 재앙에서 의미를 얻을 수 있는 건 재앙의 둘레 바깥에서 팔짱을 끼고 앉아 있는 사람뿐이라 생각했지요. 이 세상의 고통이 저 거미줄만큼 가늘어질 순 없을 것입니다. 이 세상의 축복을 오늘 오후의 빛 속에 전부 가둘 수도 없을 것입니다. 빛이 거미줄에 베이는 까닭보다 오후의 장면 속에 제가 스스로를 가두는 까닭을 먼저 생각해야겠지요.

안녕, 수도원에서는 침묵을 지키려 했는데 그러지 못하고 이렇게 편지합니다. 항상 피해야 했던 목소리들을 들으며 저는 조금 알 것 같습니다. 마음이 마음을 놓아버린 곳에서 언제나 길이

다시 시작되었다는 것을요. 창밖으로 멀리 뻗은 길을 눈으로 미리 지나봅니다. 내일이면 다시 길을 떠나야 하는 순례자들이 마을 어귀로 천천히 걸어옵니다. 이들의 뒤를 쫓아 찾아드는 어둠 속에 잠시 눈을 담가봅니다.

안녕, 자꾸만 우리를 잊어버리는 당신. 이들은 자다가 종종 고함을 지르며 깨기도 하고, 한밤중 홀로 식탁에 나와 소리 없이 울다 다시 잠에 들기도 합니다. 저마다 이곳에 오게 된 지난한 사연이 있겠지요. 이들이 자신의 깊은 곳에 빠져 걷고 있을 때, 이들에게 주어졌던 만약에 대해 생각하며 잠에 들었을 때, 보드라운 털을 가진 맹수가 유유히 다가와 품 속 가장 어린 곳을 할퀴곤 했을 것입니다. 새벽에 일어나 인사를 나누는 이들의 미소 이면엔 어제의 생채기가 무수히 새겨져 있겠지요. 그러나 지난 저녁 어둠에 쫓기다 잠에 들었던 이들은, 새벽이면 어둠에 가장 익숙한 이들이 되어 어둠의 뒤를 밟습니다.

안녕, 오늘은 수도원에서 보내는 마지막 날입니다. 내일이면 다시 걸어야겠지요. 이 길엔 달팽이가 많아서 땅을 보며 걷게 됩니다. (달팽이를 밟을 때마다 당황하는 이들의 얼굴을 떠올려보세요. 당신은 아이처럼 바스스 웃을까요?) 덕분에, 밀알을 옮기는 개미들, 길가에 나와 졸고 있는 들쥐와 햇볕을 쬐는 뱀, 나를 보고 수풀 속으로 도망하는 토끼들을 만났습니다. 그중 바닥에 떨어져 죽은 새는 매번 걸음을 멈추게 합니다. 일생 하늘을 날아 다니던 새가 바닥에 죽어 힘없이 떨어져 있는 모습을 보는 일은 매번 생경합니다. 죽은 새를 바라보다 문득 '새장 속에서도 새는 가볍다'라는 문장이 찾아와 떠나지 않았습니다. 몸속에 작은 새를 삼킨 듯 긁을 수 없는 곳이 간지러웠지요.

안녕, 죄와 어울리지 않는 몸으로 이렇게 밝은 곳에 벌거벗고 서 있습니다. 문득, 살갗이 견딜 수 없이 답답하게 느껴짐을 뼈와 살이 없는 당신은 알 수 있을까요. 당신의 기도 속에선 있음과 없음이 같은 말이겠지요. 그만큼 오랜 기다림 속에 당신 잠겨 있겠지요. 그러나 있음을 전제로 하지 않는 바라봄을 위해, 저는 기도 바깥의 세상으로 몸을 밀어볼까 합니다. 그러니, 이전과 같이 우리가 늘 우리의 축복 속에 있길, 기도해주세요. 촛농에 불이 젖지 않듯이, 새가 새장의 무게를 옮기며 새장의 가능성을 채워가듯이.

PS. 어제 저녁 끌레멘스 신부님은 "사실 이 순례길은 가짜야" 라고 말씀하셨습니다. 그 말에 놀라 하마터면 "제가 한 번도 새를 만난 적 없는 것처럼 말인가요?" 하고 대답할 뻔 했지요.

건망증이 심한 천사에게

2017. 7. 3

☾ 파울 클레, 「건망증이 심한 천사」, 1939, 종이에 펜, 11.5×8.25cm.

아침달 시집 8

나는 오늘 혼자 바다에 갈 수 있어요

1판 1쇄 펴냄 2018년 9월 10일
1판 5쇄 펴냄 2023년 10월 1일

지은이 육호수
큐레이터 김소연, 김언, 유계영
편집 송승언, 서윤후
디자인 한유미, 정유경

펴낸곳 아침달
펴낸이 손문경
출판등록 제2013-000289호
주소 03980 서울시 마포구 성미산로 153-16, 2층
전화 02-3446-5238
팩스 02-3446-5208
전자우편 achimdalbooks@gmail.com

© 육호수, 2018
값 12,000원
ISBN 979-11-89467-05-0 03810

이 도서의 국립중앙도서관 출판예정도서목록(CIP)은
서지정보유통지원시스템 홈페이지(http://seoji.nl.go.kr)와
국가자료종합목록시스템(http://www.nl.go.kr/kolisnet)에서 이용하실 수 있습니다.
(CIP제어번호 : CIP2018026070)

아침달